KB202835

바위눈

이 도서의 국립중앙도서관 출판예정도서목록(CIP)은 서지정보유통지원시스템 홈페이지(http://seoji.nl.go.kr)와 국가자료종합목록 구축시스템(http://kolis-net.nl.go.kr)에서 이용하실 수 있습니다. (CIP제어번호 : CIP2020050395)

신영연 시집

35

시와정신시인선

바위눈

시와정신사

시인의 말

담벼락 버려진 두엄에 푸른싹이 돋는다
한 해 두 해 비좁은 시간을 거름삼아
집 안팎으로 가지를 뻗으며 나무가 되었다
연분홍 꽃을 피우고 열매를 맺는다

개복숭아라 했다
잎사귀는 비염에 좋고
열매는 천식, 관절통증, 신장염에
효능 좋아 버릴 것이 없다한다

어느 자리에서도 꽃을 피우고 열매를 맺을 수 있다

2020년, 다시 묵묵히
신영연

차 례

____ 제1부

풀의 시간

아침의 기후로 날아든 영혼,
마중하는 자세로 비가 내립니다

여기가 어디던가

낯익은 흙의 온기에
풀은 귀를 열고
눈을 뜨고,
입문을 열어 푸르름을 보여줍니다

이른 아침 몸을 낮추고 다가서면
잠 깨어 기지개 켜는 소리 들을 수 있습니다

햇살의 어부바에 재롱을 부리고
바람의 술래에 균형을 잡다가도
투박한 손끝에서 칭얼거리면
어느새 땅은 촉촉한 눈빛으로 젖을 물립니다

누군가는 새 옷을 갈아입고 길을 떠나는데

풀은 온전히 풀의 시간을 살아내고만 있습니다

유리병은 입술을 닫고

월미도 향한 바닷길
부르다 목 메인 그대의 끝자락, 갈매기가 날아오네

입을 닫았네 귀도 닫았네 둥둥 몸은 뜨기 시작했네 쏟아
지는 말들을 혀끝으로 감싸 안고 물의 길로 들어서네

어둠이 내게 길을 물었으나 입을 열 수 없네
파도에 밀려 부딪는 바위,
첫눈에 반했다는 물고기의 반응에는 잠시 눈망울이 흔들
렸네
달빛은 손을 내밀어 잡으라 했으나 왕왕 길을 잃기도 하
였다네

물길로 끌리는지 물길되어 흐르는지 우리는 서로에게 익
숙한 듯 흘렀네 한 세월은 건너야 할 많은 이야기가 바닷속
으로 던져졌네

유리병에 담긴 편지 한 장 입에 물고 그대 향해 출발한
지, 백년이네

액자의 시속

스위치를 올려줘
섬모의 어깨에 전구를 달고 그대는 외쳤지

안쪽으로 난 지문을 밟으며
너무 먼 어둠을 켰어
각기 다른 문장을 한 올씩 벗으며
과거로 난 길을 걸었어

목이 칼칼해질 때까지 환청처럼 걸었어
다람쥐가 물고 간 고백은 날개로 덮어 두고
길목에 걸어 둔 편지를 한 장 한 장 키웠어
절벽의 무심한 각도에 긴장하는

초침과 분침은 쉬지 않고 둥글어만 가는데
아라비아로 난 공간에서 그대는 무성해졌지
자작나무는 목청껏 추임새로 흔들리고
지도로 난 길이 끊겼다는 전갈이 도착하고
한때의 잎사귀가 아침으로 붉어지는

50W 백열등이 열어젖힌 해수면
대체 몇 박자로 가는 거니?

웃으면 복이 온다기에

한사코 웃었네

웃으면 복이 온다기에
우두커니 먼 산인 듯 웃었네

원고청탁 마감일에 빈 종이로 웃었네
방수 끝낸 옥상을 뚫고 스며드는 천장의 얼룩으로 웃었
네
알콜성간경변을 앓고 있는 당신이
눈을 피해 마시는 술병 앞에서, 흐르는 눈물로 뜨겁게 웃
었네

빈 원고지는 마법처럼 채워졌고
누수는 짧은 입맞춤으로 균열이 봉인됐네

웃으면 복이 온다기에
그 정도는 웃을 수도 있지 싶었네

새참한 어느 날

당신이

갓 태어나,

술병 대신 생수병을 손에 들고

홍조 띤 걸음으로 산책길을 재촉하네

바람의 길

헐거워지리라
여유를 주리라
선명해지리라
안부를 묻거든 평안하다 말하리라

고랑을 파고 두둑을 만들어
한 팔을 벌린 간격으로 곡식을 심는다
곡식 사이로
나비가 지나고
발자국이 찍히고
뻗어나간 가지마다 기지개를 펴는 곳에
바람의 길을 내어주자

나로부터 시작하는 곳
내가 없이도 살아 숨 쉬는 곳

물고기가 뒤따르며 원을 그리듯
물결이 방향 따라 출렁이듯
당신의 마음이 나를 향해 있듯
아픔이 더 큰 아픔을 품어주듯

바람에게 길을 내어주자
가지마다 잎사귀가 춤출 수 있는
반경의 너비가 바람의 길이다

그리고 여섯 시

기다림만 무성한
빈 들녘으로 할머니요 앉아 있다
공기의 분자가 쪼개지다, 거두어간
소리의 고요로 할아버지요 서성인다

수분이 빠져나가 주름진 밭두렁,
노부부는 서로의 얼굴인 듯 자꾸만 어루만진다
새야새야 우지마라 새야새야 파랑새야

녹두꽃에 앉았던 메뚜기가 점프를 한다
착지의 무게로 들판이 흔들린다
한 손으로 땅을 진정시키며
노부부는 쌓아놓은 볏단에서 한잠이 든다

구름문이 닫히고
날개를 접고 있던 두루미
하늘 한 자락을 물고 와 가슴 언저리를 덮는다

노을이 타서 서쪽을 넘도록
노부부의 들판은 점화되지 않는다

파리의 교훈

산다는 건

두 손을 마주 잡는 것
겸손을 눈으로 말할 줄 아는 것

기약 없는 날을 잘 견디는 것
몸과 마음에 낀 먼지를 털어내는 것

그러하여
지금 각자의 자리에서
나의 빨판을 쉬지 않고 비벼 닦을 것,

공동체의 향연

비염에 특효라기에
피를 잘 돌게 만든다기에
장점 많은 작두콩을 심었다시요

잎을 펼치고 줄기를 올리더니
하얀꽃 분홍꽃 심심찮게 피워
마침내 주렁주렁 콩으로 자라는
모습을 보며 흐뭇한 마음이었다지요

늠름하게 쭉 뻗은 자태가 작두를 닮아
명인이 지어준 이름을 하나둘 따다보니
너인 양 나인 양
푸르른 줄기를 바쁘게 따르느라
온몸이 후끈 달아오른
붉디붉은 강낭콩을 보았다네요

주인장 허허 웃음을 털어내고는
수줍을까
민망할까
자연스레

작두콩 바구니에 담아
말리고 덖어서
작두콩차를 만들었다구요

올겨울
지인들과 나눠 마시고 효능 좋다 칭찬하면
이 공을 누구에게 돌릴까요

거울 속에서

여섯식구 둘러앉아 곰솥에 국을 끓이면 밥 한 솥이 한자리에서 동이 나지요 엄마를 차지하려 팔에 다리에 매달리며 하루의 일들을 재잘 재재잘 참 싱그러운 시절입니다 아이들은 불쑥불쑥 푸르게 자라더니 대학을 가고 군대를 가고 이웃 나라를 가고 시집을 가고

북볐던 집에는
쑥쓰러운 당신과 내가 고요로 남았습니다

동물원엘 가자고
달이 따라온다고
영화가 상영됐다고
소낙비가 온다고
꽃이 피었다고

그래, 잠깐 바빴던 것뿐인데

반사된 거울 속에서
낯선 여자가, 자꾸만 말 걸어 옵니다

바위눈

그의 아침으로 향일암에 들었네 천팔 개의 계단을 밀고 갔네 바위의 두 눈은 바다를 향해 있었네 지켜보던 해가 바다로 뛰어들자 나뭇가지가 일제히 술렁이네 이름을 갖고 싶은 사람들이 우루루 수루루 물결 지어 흐르네 사랑에 간을 치고 속세에 간을 빼려는 이들은 간절히 고개를 숙였네

오백 년 전 그대를 따라 꽃발로 걸었네 사뿐사뿐 공기가 앞장서네 숨을 들이마시자 내 안의 바다가 일어나네 바위가 바위를 낳던 이야기를 들려주네 그때도 내가 나였다는 사실을 건네주며 정상에 다다르네 흠뻑 젖은 산을 안고 질펀히 눈을 감네 가슴에 품은 저 먼 곳이 환해지네

향일암은 보글보글 들끓는 환희를 한 국자 한 국자 바다 밖으로 퍼 나르는 중이라네

지지합니다

싱크대 선반을 조립 중인 남편은
신중하다

왼쪽으로의 화살표는 잠그기
오른쪽은 풀기라는 표시를 무시하고
진중하게 반대로만 돌리고 있다

그림을 보여주며 말을 해줘도
남편은 그 지시가 미덥지가 않은가보다

기둥을 위로 올려라
움직이지 않게 꽉 잡아라
요구사항이 더 복잡하다

도와달라 하지 말걸
후회가 막심하다

풀고 잠그기의 타협점이 인정되지 않은 채
손에 상처를 남기고
우여곡절 끝에 선반은 완성되었다

큰일을 마친 듯 남편은 박수를 받고
위풍당당 외출을 한다

남편의 손길이 미더워서일까
그릇의 무게를 견디지 못하고 선반의 지지대가 흔들린다

새로운 변화를 지지했으나
컵도, 접시도
하염없는 높이의 불안보다
바닥의 안정을 택했다는 후문이다

한낮의 꿈

아프리카 대륙 최고봉인 킬리만자로 정상에 오른다
만나러 간 당신 대신 사자 한 마리 어~흥 포효하고 있다
어쩌다 이곳까지 와서 생을 마치는구나 싶으이,
그럴 순 없지 7박 8일 일용할 양식을 다 던져줘도
요것이 나를 원한다는 눈빛이니 도리가 없는 듯하다
힘껏 뛰어내린 게 아래 나뭇가지에 대롱대롱 매달리게
된 것이었는데
거참 먹기 좋게 자세 잡은 꼴이 되었으니

문지기 없이 활짝 열려 있는 정상도 한번 못 밟아 본
이런 나를 삼키면 넌들 가죽을 남길 성싶으냐

신발을 휙 그놈에게 벗어 던진다
눈을 맞고 나무로 돌진한다
당신은 오지 않고 나는 나무에서 떨어진다, 깜깜한 이곳은
아직 잉태되지 못한 이들로 엉키성키 분주하다
이빨도 없이 옥수수를 먹는 너는 영춘이 아니니
할아버지 위험해요. 들소에서 내리세요
13살에 행방불명된 순덕이도 여기 있었구나 엄마가 아니
되고
아버지와 나는 오랜만에 엠볼세니평원의 복숭아나무에

매달린

　그네를 탄다 높이높이 킬리만자로를 눈앞에 두고

　누군가가 부른다, 오천팔백구십오 미터쯤에서, 숨이 차
다, 뒤를 돌아

　목소리를 잡고 점프한다, 정오의 한낮이다

전설을 패러디하다

너무 멀리 와 버렸다. 구름이 잠든 사이 번개의 재채기로 펄쩍 뛴 것이 문제였다. 풀밭에는 행운이 자란다기에 온 풀밭을 뛰어다녔다. 믿을 수 없는 말들만 새하얀 꽃대궁으로 피어올랐다.

정월 대보름 잃어버린 토끼를 찾는 축제가 열린다며 세 잎 클로버는 한쪽 귀를 덧붙이는 치장을 한다. 차별화가 대세라며 어디론가 가 버렸다. 구름이 아직 깨어나지 않아 내 이름은 알 수 없다. 정월 대보름 나도 그곳에 가고 싶다. 그곳에 가면 클로버를 만날 수도 있을 거야. 잃어버린 토끼를 찾으면 나도 부탁을 해 볼 참이다.

변화는 시작되었고, 점점 커지는 귀를 쫑긋이 세우고 지난한 어느 집 마당에서 그녀에게 줄 떡방아를 찧고 있다. 쿵덕 쿵덕쿵 달빛에 물든 저녁이 익어간다.

제2부

바람의자

울음이 쉬어가는 공원
하늘양말을 신고 그곳에 오래 머문 적 있다

소로록 소로록 그대의 온도로 바람이 분다 해와 달과 공기와 나뭇잎과 바람의자에 앉아 이야기를 나누었다

청설모가 언덕을 오르며 뒤를 돌아다 봤다 일용할 양식을 입에 물었으므로 그는 걸음을 멈추지 않았다

천상의 소리인 듯 우리의 대화는 또렷하지 않았다

어느 대목이 울음에 가 닿았는지 바람의자에 앉아 있던 나뭇잎도 열매들도 훌쩍훌쩍 붉어졌다 목이 쉰 바람이 어깨를 다독여 주었다

그대의 맥박으로 숨을 쉬는 오후, 석양에 자리를 양보하고 노을 한 줌 챙기려니 화들짝, 가을이 덮쳐온다

일상으로의 초대*

전화로도 못다 한 얘기는 만나서 하기로 하자
밥을 먹으며 차를 마시며 표정으로 손짓으로 미세한 몸
짓으로 대화를 나누는 것이 익숙하고 즐거웠다,는 말은 추
억이 되었다

하루종일 까톡까톡 하트하트 물결물결

선선해진 저녁 산책을 한다
느릿느릿 걷는 이도, 체조를 하는 이도, 주인을 따라 나
온 강아지도 마스크를 잊지 않았다

등교하는 아이들
아이들과 정다운 선생님

학생이 있어야 할 학교의 캠퍼스는 기다림으로 단장하고
수업을 해야 할 선생님은 아이들을 만날 날만을 기다리는
침묵으로 무르익은 교정

신종 바이러스는 건망증을 묵인하지 않는다 상점, 공공
기관, 대중교통, 친숙한 만남에서도 마스크를 잊고 나왔다

는 말은 통하지 않는다 익숙해지기에는 길지 않은 시간에
모든 이에게 각인된 필수품, 마스크를 한껏 올려 쓰고 집을
나선다

또 다른 호모 마스쿠스**란 종족이 출현했다

* 신해철의 노래 제목
** '마스크를 쓴 인간'을 의미하는 신조어

요요

기지개를 켠다

품 안으로 하늘이 한아름 안겨온다

지긋이 눈 감으면
단숨에 좁혀지는 거리에서
손 뻗으면 닿을

거기
행복이 기지개를 켠다

그쯤으로 하자

구겨진 마음의 어깨를 펴고
함께 있어도 괴롭지 않고
떨어져 있어도 외롭지 않고
혼잣말도 귀담아 들어주기도 하는

썼다가는 지우고 다시 쓰는 시처럼
가끔은 잡히기도 하는,
지금은 부푼 행복을 다이어트할 시간

뉴스의 속도에 평정심을 잃지 말고
잡지의 컬러에 현혹되지 말고
욕망의 지방을 빼고 생각에 근육을 만들어

행복의 무게에 요요가 오지 않도록

정신줄을 꽉 잡아

돼지머리 앞에 두고

시간의 알들이 떨어지는 날
이러쿵 저러쿵
꽃잎만큼
직장을 옮기던 친구의 개업식에 간다
통성명이 필요없는 이들과
보고 또 봐도 익숙지 않은 돼지머리 앞에 두고
말끔히 줄지은 신발 한 켤 자리를 잡는다

고스톱도 삼세 판인데 열 손가락이 모자란다며
이번에는 확실하다는 친구의
장담에
여기저기서 신사임당이 튀쳐 나오신다

서로가 서로에게 간질이는 꿈
그렇다면
저 회포 속 기운으로 불균형의
몸의 각도는
반드시 날기 위한 것이어야 한다

우연처럼 어깨를 부딪힌 사람들이
날갯짓을 기억하려 무릎을 일으켜 세우자

경청하던 그가
웃는다
나도 한 생을 살아봤다며

토마토 사랑

정열은 붉다
도전도 붉다
내일도 붉다
계획도 붉다
붉다는 건 움직인다는 거지 너를 바라보는 눈빛이 반짝
이고 있다는 거지 수면의 시간과 상관없이 피어 있다는 거
지

표정아
걸음아
희망아
일기야
너를 부른다는 건 멈추지 않았다는 거지 넘어져도 다시
일어서겠다는 거지 상처난 오늘이어도 꼬옥 품겠다는 거지

내 이름을 부르면 속도 겉처럼 붉게 답하겠다는 거지

주인

비스듬히 열린
하우스 한가운데 고라니가 새끼를 낳았다
일가족은

짙푸르게 올라오는 콩의 새순을 뜯어 먹고

까치는 콕콕 붉은 고추의 단물을 빼 먹고

멧돼지는 고구마를 캐 먹고

달팽이는 딸기를 갉아먹고

백로는 웅덩이 속 송사리를 잡아먹고

아이쿠야
요놈들은 내가
주일에 한 번, 보름에 한 번
풀의 안부를 위해 방문하는 손님인 걸
벌써 알아차린 것이다

가마우지의 발언

그래 나는 새다
사선과 직립의 경계를 지우는

길의 파열음이 곧 날개의 중심이다

착지가 미숙해 되돌아오는 날들 반복돼도
저 푸른 파도쯤은 거뜬히 넘어서는

그래 나는 새다

가파른 바위섬에 둥지를 트는 것이 편하기야 하겠냐만
흠뻑 젖어야 먹이를 만나는 무게에 비하랴

마른 허기의 비릿함을 넘기기엔 목울대가 길고도 길다

낡은 고기의 착취를 막을 방법은 아직도 모르나
운무 위는 거뜬히 꿈으로 착지 가능한

그래, 새인 것을

애쓰지 마라
머문 자리 희디흰 말을

검은 바위마저 온몸으로 번역에 들었으니

봄동

얼어붙은 땅
그 위에
피어난 꽃,

기쁨도 슬픔도 이제는 잠잠한 곳
드물게 찾는 발걸음을 기다렸다는 듯
푸르른 심장을 펼쳐 보인다

늦가을 싹을 틔우고
한겨울을 견디겠다는
단단한 약속은
비바람도
눈보라도
온몸으로 받아들이겠다는 다짐

딸의 이름도 잊은 어머니의 기억 속에
피고 지는 유일한 꽃,

봄동을 씻는다
간간이 눈을 맞추고 얼굴을 쓰다듬는 어머니의 손길처럼

한 장 한 장
흐르는 물에 소리를 묻고

한소끔 데친 봄동으로 미음을 만들어
소독약 향기 가득한 요양병원으로 향한다

그리해도 되겠습니까?

가쁜 호흡 뜨겁게 글썽이며
어렵다 도와달라 내밀던 손
그 후 돈을 갚겠다던 날이
넘어가도 오도가도 못하는 소식
그날을 덮고 볼 수 있다면
그리해도 되겠습니까?

메마른 땅 밑
움트지 못한 싹이 단비를 거둬간 뒤
옷이며 이불이며 눅눅한 나까지
내어 말리고 싶다 머무른 햇살을
구름이 하늘빛이 시큰둥 찌푸려도
참, 그리 바람이 불어 가야 한다면
그리해도 되겠습니까?

세상 이치에 딱 맞지는 않더라도
살아가는 힘이 된다면
혹여 숫자로 평하는 이들의 저편에서
자갈길을 맨발로 거닌다 해도
선택한 삶을 충만으로 펼친 곳

거기 고통이 기웃대다 이름하여
이를 행복이라, 분양코자 한다면
그리해도 되겠습니까?

붓의 미각
- 세한도

돌아오지 마라
뒤돌아섰던 안녕아 속도야
너를 잊지 않았다 그러니 돌아보지 마라

불면한 그리움의 냄새, 털어도털어도 가시지 않는, 그를
만난 적이 있다
　초가집에 앉아 먹물을 갈 때였는데 철조망을 두른 울타
리를 넘어 가시 같은 외로움이 들어오고 있었다

　추운 겨울이었다
　깃털 같은 갈비뼈를 꺼내들고 활 당기듯 지휘하듯 허공
을 소곡한다
　고단한 몸을 뉘였고 허기진 날이 밝았다 그는 온데간데
없고 초가를 에둘러 나무 몇 그루 서 있었으니

　그리움은 푸르러서 한라의 돌기둥도 까닭 없이 멍이 들고
　일자 몸 가시의 끝이라도 잎으로 돋아나며 흐를테다 열
두 달아

붓의 속도는 짙고 혹은 옅은 마음결에 두고두고 푸르를 심장 하나 심었으리

　보름녘 소나무 가지 끝에 붉게 타는 저녁놀, 그대 잠시 쉬었다 가는 숨결이라 여기리다

세 잎 클로버

유등천 물줄기를 타고 가다
잔디밭에 잠시 앉았습니다
어르신들은 운동하는 데 여념이 없고
젊은 연인들은 무언가를 찾는 데 몰두해 있었습니다
그들은 세잎클로버를 다 밟아가며
간절히 네잎클로버를 찾는 중이었는데요
왠지 가슴 한쪽이 짠해지는 걸 느끼며 돌아왔습니다

브라운관을 꽉 채운 평온한 얼굴들
15평 빌라에 네 식구 알콩달콩 살 부비던 한 가족에게
어느 날 당첨된 20억의 로또
그 맑은 눈망울들은 더 이상 서로를 향하지 않았습니다
많은 변화를 겪으며 큰 집으로 이사할 땐
무슨 일인지 그들은 뿔뿔이 흩어져 갔는데요
알 수 없는 그늘이 그들을 덮고 있었습니다

세잎클로버의 뜻말은 행복이라지요
뜬구름 같은 행운을 잡으려
일일로 배분된 매순간의 로또를 찢어가며
허공을 허우적거리고 있는 저 손에 혹?

머니

시위를 향한 침묵
당신은 모든 이의 연인인가
주변엔 늘 많은 이들로 둘러싸여 있고
그런 부의 가치를 끌어내리면 위안이 되었던가

그 무리가 궁금하다
멀리서 색안경을 낀 채 초점을 맞춘다
그와의 몇 번의 눈맞춤,
고백 없는 터치로도
미래가 설계됐고 꿈이 성장했다

헤어나기 힘든 것은 중독인가 마력인가

하이 자본 씨 나좀 봐요 스치듯 눈이 마주쳤나요 기다려
요 지름길에 들어서면 만나겠지 했어요 잰걸음으로 간다기
에 직진으로 왔는데 모퉁이를 도네요 뒷모습만 보이는 자
본 씨 오늘도 안전거리 유지인가요

송담*

그대가 그곳에 있었네

눈부신 그늘 아래 살포시 서서
북서풍 불어와 휘청 흔들릴 때
힘없는 내 손을 잡아주고
든든하게 어깨를 내어주네

한결같은 푸르름
굽힘없는 그대 따라
아침으로 살았네

낙엽 지는 계절에
그대는 더 빛이 났네
할 말의 요지를 정직하게 떨구었네
그대의 맥박으로 계절을 호흡했네

* 소나무를 타고 자라는 기생식물

_____ 제3부

걸음을 돌려요

당신의 눈물은 합당합니까
시간은 회춘하며 물색없이 흘러가는데

어느 추억의 지난한 날들이 발길을 잡아 뒷걸음치시나요
뭉뚱하게 낯설게

무슨 연유로 꽃이 말 걸어 오느냐 물었던 그날로
눈도 닫고 말도 닫고 흘리는 눈물은 어디로 향하는 이정
표입니까

찬장 속에는 아끼던 살림살이 손길을 기다리고
담쟁이넝쿨은 이 계절도 한결같이 안부를 물어옵니다

미동 없는 표정을 재해석하는 이들이 뜸해지고
뽀얀 아침이 열리면 기억은 다시 방향을 돌릴 수 있을까
요

가능하여 눈 한 번 질끈 떠 주신다면
그러한 기회를 불쑥 주시기만 한다면 더 거친 날들도 버
틸 수 있을 거라고

에스프레소

2015호다 뫼르소는 응답하라
나도 아버지의 죽음에 눈물을 흘리지 않았다

어린 나이였다는 이유로
그의 감옥보다 넓고 철문이 없는 곳이 나의 감옥이다

본심을 철창 밖으로 통과시켜라
너의 뇌를 물기 없이 말려주마

그늘에서 서식하던 천오백 그램의 해마의 질서는 햇살의
총성으로 기우뚱한다

카뮈가 데려다 준 현장에서 증거를 찾으려 했으나
블랙의 커피향에도 표정조차 실마리를 주지 않았다
간발의 차이로 닫혀버린 눈꺼풀 한 방울의 눈물도 흘리지
않았다는 것이 그의 가장 큰 죄목이었다

어머니의 장례식을 끝낸 청년의 뫼르소가 커피를 내린다
여기 이의 있다

나는 콸콸콸 명랑을 적시는 그의 눈물을 보았다
　과녁을 향한 커피의 씨알이
　그의 목울대를 건드려 눈물을 멈추는 데 적중하기 직전

　말문을 여는 순간의 마찰로 툭! 떨어지며 생긴 흠의 상처
와 마주쳤다
　이미 향은 달아나듯 멀어지고 나무의 눈물이 굳어 생긴
일이란 말을 하려다 그는 다시 입을 다문다

　태양에 데인 쓰디쓴 눈물을 마시는 이방인들에게 까맣게
다가오는 전설은 자유다

한여름밤에

한여름밤에
마음이 동하여 시 한 편 지으려는데
길 건너 개구리네 집에 재미진 일이 일어났나 봅니다

듣자 하니
장마 끝에는 물가에 가지 마라
형 아우 서로서로 양보하고 배려하고 우애 있게 지내거라
열심히 일하고 배움을 멈추지 말거라
네가 가진 행복을 지키고 싶거든 남과 비교하지 말거라

노래인 듯 경전인 듯 그들이 이끌고 온 밤이 깊어만 갑니다

배웠거든 행동으로 옮기거라
남에게 주려거든 가장 좋은 것으로 대접하거라
건강을 지키는 것이 진정한 효도란다

끝날 줄 모르는
롤랑롤랑 익숙한 소리를
한잠 속에서 따라 읊어 옮기나니

아무래도 개구리네 부모님도
같은 책으로 교육을 시키셨나 봅니다

길치
- 길치는 Guilty가 아니다 사랑의 길치는 Guilty다

싱싱한 욕조 안에서 출렁한 그녀가 옹알옹알 비눗방울
터뜨린다

오십 넘은 아들은 평화의 기억을 더듬듯 양수의 온도를
맞춘다

그녀의 나이에서 아버지를 뺀 파릇한 나이에 학교도 갈
수 없게 된 그가

— 내 인생이니 상관 말아욧

50cc 오토바이 위에서 헬멧을 던지듯 그녀를 뒤로 하고
황사바람 가로질렀다

상행과 하행의 경계에서 반성의 기회가 몇 번 더 있었으
나

그는 예외 없이 삐딱선을 고수했다

총총 지름길로 가는 이정표를 지우며 간이역을 지나칠
때

별빛들 깜빡이며 그녀는 무엇을 잊고 싶었던 걸까

그에게서 철 지난 단풍물이 뚝뚝 떨어져 내렸다

가로수를 따라가면 길치는 면하리라는 대목에서 골똘해
지는데

방금 욕조에서 나온 그녀가 손을 꼬옥 잡는다

― 고마워요 젊은 양반 우리집엔 웬일이요?

그날 질주를 멈추지 않던 불안으로

장독대 곳곳에 타다 남은 상실의 자리

제 몸을 태우며 흔들리던 촛불의 블랙홀, 빠져드는 그녀
를 잡아보리라

전갈의 힘

무엇이라도 던질 수 있어 좋겠다
불빛 없는 방안에 응급벨이 울리고
철철 흐르는 네 목소리, 함께 흥분하다
즉흥으로 지압하듯
나는 침 한번 꾸욱 삼킨다

내게서는 피가 역류도 한다고
부러진 다리, 터질 듯한
심장을 보여주며 위로받고 싶다

남편이, 사업이, 자식이
너는 분명하다
밥을 먹지 못하고 입을 열지 못하고
밤을 꼬박 새운 이유가

자신에게 던지는 질문인 나와는
답이 다르지 않은가
나라는 인간에게 거는 기대와
답으로 쓴 일상의 정자체가

서로 만나지지 않는 거리에서 돈독하다면
팽팽한 어느 지점에
밑줄을 긋고 동그라미를 그려야 할까

내가 건넨 말들을
괄호 안에 넣어 놓고 정답이라는
너의 전갈은 무겁지 않아서 좋다
질문을 벗어나 답을 얻을 수 있겠으나
물음표를 앞세운 나는
또 다시 질문 속으로 들어가고 있다

이력서

바바리 앞단추를 풀고 가는 남자 깜깜한 아버지를 닮은 시큼털털한 저 남자, 은행나무 기대품는 담배 연기 허공을 빠져 나간다 농사가 싫다며 신발을 벗어 던지고 흙 파던 연장 대신 커피잔을 든 남자, 하나 둘 다섯 여섯 켤레의 신발 옆에 차마 눈 뜨고 잠든 남자, 내일은 양복에 반듯한 길을 내리라 미소를 머금어도 속이 자꾸만 허방인 남자, 안방에서 거실로 거실에서 현관으로 현관에서 공중분해되며

멀어져간 남자, 3등석 비행기를 타고 바람만 꺼이꺼이 담아 돌아온 저 남자, 말끔한 넥타이 매고 쇼윈도를 지키는 발이 아주 작은 웃지도 울지도 못해 입술이 파리한 저 남자 손을 내민다 고기가 제일 좋다는 말에 파 냄새만 풍기며 지나치는 사무실 번잡한 거리 노점 지하철 어디서나 마주치는 남자, 기다리던 아침보다 먼저 솟아올라 긴 그림자로 해를 밀며 먼 길 떠나는 저 남자

슈퍼좀
- SSM

재개발이다 뉴타운이다
내걸린 딱지를 부지런히 피해 가면
고만고만한 이들이 다시 모이게 마련이다

견뎌야 한다 견뎌야 한다
자알 견뎌야 한다
1월의 노트에
여름의 노트에
난기류 휘갈겨 놓았다

일요일이 좀먹고
월요일이 좀먹고
국경일도 쉬지 않고
슬럼화된 골목골목 좀먹으며 들어가고,

견뎌야 하는 것들아
더는 견딜 수 없는 것들아
새하얀 이빨 틈으로 하나 둘 몽롱해지는 것들아
이 산 저 산에 뱉어놓은 메모 같은 것들아
시절시절이 내몰린 계절이다

야래향 夜來香

태양의 뜨거운 애무에도 피지 않는
그녀의 귀는 꽃이다
어둠에 닿아야 열리는 잎으로
살폿 몽상의 향기를 내뿜는다
치마 속을 넘나들던 빛의 행방
봉긋 달아오른 꽃술조차 알 길이 없다
하늘 발 밑 홍건히 타오르던
붉은 꽃망울이 툭툭 터지는 소리
눈으로만 들리는 상처의 탄성,

그 아늑한 시간 속으로 몸을 드민다

어둠이 빛을 품어 안으면
황망한 곳으로의 줄기마다 물이 고인다
미색을 견주는 이들을 보내고
멀찍이 떨어져서야 오롯이 뜨는 귀
그 향기에 닫힌 문이 열리고
대륙의 풍정風情에 잠기어서
천리를 달려 그대 가슴에 닿으리라
땅거미의 안내로 어둠을 인도하는
그녀는, 귀로 듣는 빛이다

운석

신문이 배달됐고 우유가 도착하고
산벚나무가 구름 쪽으로 기운 자리
수신자 없는 새 한 마리 사뿐히 꽂혀요
근원의 잉태로 햇살이 팽창했었다는
여름으로 오는 기온이 지연된 이유를
몇 줄의 날갯짓은 주문인가요

빛의 충돌로
　발을 삐끗한 행성이
　　낯선 지구로 떨어져

부서진 언어의 조각을 발견한 자와
진단하려는 문장가들로 어수선했다지요
먼 기억이 맞는 것이라면
몸짓과 눈짓만으로
통하는 사인가요? 우리
뜨거웠던 그날의 심장은 까맣게 타버려
더 이상은 울지 않을 테여요

시인

매미라는

이름을 얻은 대신

生을

온통

울음으로

비워내는 일이다

포구섬

기억은 시간의 저편에 있다
40여 년 전 살던 집을 찾는다
오가는 이 없어 길은 묻히고
논두렁엔 해오라기
그림처럼
먼 데를 응시하고 있다
지금은 사람이 살지 않는 그곳에
터를 잡고
떠나간 이의 안녕을 기원이라도 하듯

산토끼와 눈인사도 나누고
맑은 소리로 합창하는 산새들의
환대를 받으며 들어선 집에는
우물물을 길어 올리는
염소에게 풀을 뜯기는
들꽃 사이를 뛰어다니는
친구와 물장구를 치는
어린 내가 거기, 있었다

타향살이

지인이 기러기를 보내오셨다
어린 기러기를 사다 키운 거라고
몸에 좋다고
잡아 먹으라고

활짝 열린 문으로 한 사람 두 사람 모여든다
생닭집에서 잡아준다고
맛있다고
언젠가 귀하게 먹어봤다고

케이지 망 사이로 주황색 부리가 보인다
검정색에 하얀 깃털이 있는 듯 보인다

안되겠다
입맛 다시는 사람이 너무 많다

밤운전으로 달려 주말농장 앞 시냇가에 풀어 놓았다
그 자리에서 몇 시간째 꿈쩍도 하지 않는다
아침에 일어나 살펴보니 이리저리 시냇가까지 풀이 누워
있다

밤 사이 달빛을 벗 삼아 움직였을까

날지는 못할 거라는
집에서 키웠으니 물정 몰라 삶이나
고란이에게 잡혀 먹힐 거라는 추론으로

먹구름 가득한 오후
끼룩끼룩
청각적으로 튀어 나갔다
조용하다
문을 닫으면 들린다
다리 밑을 통과해 올라온 것인가

날지 못하면 어떠랴
살아 있으면 됐다
잠시라도 어디에서든 자유롭기를
군데군데 사료를 놓아주고 길을 나선다

무 장아찌

된장 속에 박아 두었던 무를 꺼냅니다
색바랜 검버섯도 싫고
땀에 절어 까슬대기도 싫다고
발버둥치는 나를 당신은 깊이 더 깊이 품으십니다
연질의 어둠에서 단단한 속내를 읽었고
시큰둥 냄새 뒤의 감칠맛이 내 성깔로 스며도
그래도 내 이름이 따로 있다고 문을 박차고
빛 부신 태양 아래 발을 내디딥니다
낯선 곳에서의 어설픈 거리
그 호된 매서움도 내것인 양 감내했고
허물 벗듯 힘찬 움직임으로
새로운 세상에 맞게 나는 변했습니다
이것 보라고, 완벽하게 홀로 서지 않았느냐고
당당히 목소리를 내보려는데
구릿빛 서늘한 내 몸에선,
왜 자꾸만 당신 냄새가 나는 겁니까

___ 제4부

에델바이스

번개를 젖히고 당신이 옵니다
빗살무늬로 가늠 없이

시냇물을 가로지른 갈매기처럼
산 높고 물 깊은 곳,

당신이 지나신 그 절벽

이곳에 나는
꽃 한 송이 피우려 합니다

누구도 보지 못한
아무라면 볼 수 없는

오직 꽃으로만 살아있을 씨앗하나 떨구고 갑니다

지금은 여행중

당신의 심장소리를 들려주자 문이 열렸다
탑승하시겠습니까

예매할 시간도 목적지도 없이 순간이동으로 승차한 이곳
잔잔히 바람이 불어오고

강아지가 염소가 푸른 초원을 거니는 얼룩말과 동행하는
이곳,
산등성이 밀고 있는 까치가 감독을 하는

처음 그려보는 풍경을 싣고 청춘을 탄다
손 내미는 시간을 잡고 안개낀 길을 지나
꽃들이 망개한 작은 오두막집에 다달았을 때

단풍들이 박수를 치고 바위 사이로 흐르는 시냇물에
송사리며 다슬기, 우렁이와 피라미, 버들치도 덩달아 크
는 곳

미소를 머금어 꽃으로 물들고 움직이는 것들의 방향에 도
착하자

산도 어깨를 들썩이며 산들피리를 부는 오후

뻐꾸기가 축하의 노래를 불러주는 곳
나 반쯤은 온 것 같아 당신이라는 우주여행

환승이 가능한가요

간이 큰 그녀를 감당하려면 밥을 많이 먹어야 합니다
목젖이 보이도록 박장대소할 때는
배꼽은 꽉 잡아야 떨어지지 않겠지요
손전화 이름 란에 아버지를 아.보.지로 저장했다는
어감상의 우수갯소리가
한참이나 뜨겁게 그녀를 잡았습니다

자칭 무늬만 여자라고 자신을 소개할 때면
그녀의 황달 낀 눈동자가, 자줏빛 입술이,
가늘게 떨리는 걸 보게 됩니다
삼십여 년 전 자기 집 땅을 밟지 않고서는
하루에 두 번 오는 버스 정거장도
사거리를 지나는 어느 길도 갈 수 없었다며
톡톡, 터지는 그녀의 지난 계절 앞에서
벚꽃이 화사하게 피기도 했겠지요

망울망울
암꽃이 이곳 저곳 씨앗처럼 영글어
간이 퉁퉁 부었다는데

콧노래를 부르며
이번 달은 채워야 한다고 머리를 질끈 묶던 그날
일터가 아닌 병원으로 직행한
그녀를 만나러 가는 길
택시를 기다리다 먼저 온 버스를 탑니다
도마동에서 충대병원을 가야 한다니
동행한 낯선 이의 말이 산성동에서 내리라 합니다
간 이식을 하면 희망이 있다는데
환승차가 몇 번인가요?
동동 버스를 기다립니다

연리지

저, 연리지는 좋겠네

몸이 통했으니
맘도 한 길일 터
이쪽 맘과 그대 맘이 엮일 줄 믿을 적엔
지상을 향한 햇빛은 등을 져도 상관치 않겠네

뚱뚱한 오후가 알싸하게 흔들려 준다면
독백의 바람으로
몸의 잎맥이 열리는 소리

눈으로 가득 담아
한 잎 두 입 맞추며 푸른 고백을 해볼까나
그날이 오늘처럼 색 없이 평화로운 날엔
목덜미를 간지르는 전설이 아니어도 좋겠네

한 몸으로 살 수만 있다면

나와 가까워지는 법

발 디디고 한가로운 이가 없다
여기도 저기도 자유를 외치며
문을 열고 나가서는 다른 문에 갇히고
무리 안으로 들기 위해
그 많은 노력을 마다 않는 모순덩어리들

가벼우면 왜 불안해지는가
그것 좀 모르고 그 정도 가진 것 없고
그렇게까지 참지 않아도 되지 않는가
움켜쥔 것조차 짐이 될 터

더 이상의 무게를 얹지 마라
너와 나의 경계에 추를 달고
법과 제도 안에 꾸깃꾸깃 들어가
허상의 날갯짓이라니!

가을 하늘 뭉게구름 맨 몸이어 한량하다

거품의 알

    거품은 알이다 부화되지 않은 실체는 불투명한 가격을 책정한다 이십 프로 삼십 프로 거품의 알들이 꿈틀거리자 그 효과는 일파만파다 오십프로 세일 플래카드가 국기보다 자랑스레 나부끼는 거리에 선다 당신이 사준 7센치의 힐 위에서 표준 키라 우기는 나, 아마도 몇 프로쯤 낮춰야 될 것만 같다 앞뒤 없이 뒤뚱거리는 거품의 몸을 파헤쳐라 하드롱빛에 눈멀고 달콤한 맛에 녹아들면 결국 거품 속에 갇히게 될 것이니

일 년의 반 이상을 세일하는
제품의 가격은 허영이다
70%로 DC로 샀어
그 목소리 한 옥타브 치켜 날아간다
80% 높여 올린 콧대를 확 꺾으면
고객만족 100%
허울 좋은 숫자판에 둥둥 떠다니는 무리들아
거품의 알에서 깨어나자

포기하지 마

해봤니
내게도 있음직한
운을 토닥이며 긴 밤을 하얗게 밀어는 봤니

머피의 법칙도 쉬는 날이 있다는 걸 언제 알았을까
안 되면 다시 안 되면 다시 안 되면 다시 안 되면 다시 안
되도
다시 그래도 안 된다고

서두르지는 마
한해살이 씨앗도 새싹되어 나오려면
수명의 반을 발아하는데 투자해야 한다는데

지금이야
꿈속에서라도 지긋이 힘은 주고 있는 거니?

약시

친구야!
하늘이 높으니 더 자주 올려다본다
가까이 있을 때 너에 대해 많이 알고 있다고 생각했어
그래서 백색의 너가 깨끗한 그대로 곱기를 바랬지
니가 블랙이라 말하면 블랙처럼 보였어

순진한 몸짓으로 어리둥절해하면 대변해 주고 싶었다
빨개진 얼굴을 하고 환히 웃을 땐 참, 솔직하다고 믿었지
누가 너의 색깔론을 운운하면, 맑아서 그렇다고
어린아이처럼
또 누가 그로 인해 내 색깔이 변할 수 있다고 말하면
그러냐고 마주 웃어주며 가벼웠는데

가을처럼 붉게 멀리 가는 너의 발자국은
흙탕물의 얼룩으로 당황하게 하더니
봄으로 저만치서 다시 다가오는 너!
블랙이었다가 빨강이었다가 그도 아닌
노랑이었다가
초록이었다가

약시弱視로 살았던 나는 안과에 간다

이제는 또렷이 멀리도 보이는 걸 보니 눈이 좋아졌나해서

체인점

살기 어렵다는 말, 캄캄하게
귓속으로 뛰어든다
착착이 앵겨온다

나아가려는, 내
어깨를 잡아 끈다
벗어날 방도를 모색해 보지만

그새 거리마다 자맥질이 한창이다
영역이, 구역이, 파괴되고
밥그릇은 나동그라져 형체가 변형되었다

아스팔트는 냄새를 묵인해 주었다
큰 손에도 작은 귀에도 소리가 살고 있었지만
불협화음은 더 큰 소음이 삼켜 버렸다

점액으로 끈적이는 민달팽이가 도로의 입구에 드러누워
있다

한동안 그 길을 건너지 못할지도 모른다

부른 배로도 독식을 원한다면

앗, 소리까지 먹어치워야 할 것이다

스따* 스타일

그는 스따가 되기로 했네 대학을 졸업하고 실험실에서 2년을 생활하다 취직한 직장에서 그럴듯한 이유를 들먹이네 회식은 피하고 점심 식사는 생각이 없다며 생략하네 업무보고 때 외에는 그의 목소리 들을 수 없네 번쩍이는 아이디어로 실적은 올려도 그와 팀을 이루려는 이가 없네 고립을 선택한 그가 흐뭇할수록 주변인들의 불편은 커져만 갔네 찍고 찍히기를 거듭하며 자신만의 행간을 즐기는 동안 그를 암초로 여기는 이가 늘고 있네 알지만 모른 척은 자유로 가는 지름길이네 감정은 너무 복잡해 언제든 삭제가 가능한 클릭 버튼만 있으면 그는 누구라도 따돌리고 싶네

자고 일어나니 전화가 빗발치네 십여 년 동안 기웃대며 받아 온 명함에 보냈던 신호인가 수없이 얼굴도장 찍으며 쌓은 실력의 진가인가 진흙탕 같았던 일상도 방생되었던 과거도 화려한 포장의 상자로 열리네 무용담 꺼내 놓자 모호한 시간들이 명명된 이름으로 흘러가고 있네 어느 힘이 그를 인도하네 환호가 비처럼 쏟아지고 우레와 같은 박수가 그를 쑥쑥 키워 주네 고공행진은 아찔한 스릴이 제 맛이야 그의 모선이 키와 함께 커지자 고개 들어 그를 별이라 칭하

88

네 반짝이는 것이 모두 별은 아니라는 대목에서 울컥, 그가
뒤척이네

＊ 자발적으로 외톨이를 선택한 사람들

그날 우리

물음표도 빼고 초조함도 삼키고

둥기둥 둥기둥 귀퉁이에 금이 간 사발
둥기둥 둥기둥 한쪽 바퀴가 빠진 리어카
둥기둥 둥기둥 무뎌진 호미
둥기둥 둥기둥 뚜껑 없는 장독대 건너
처마 끝에 날아 앉는 까치

둥기야 둥기야 얼빠진 나도야
그들의 한 켠에 자리를 잡아 본다

날씨가 좀 나아졌다는 평이한 이야기로
원두 한 잔 탁자 위에 올려 놓는다

많은 이가 떠났다고
논도 밭도 일손을 놓았지만
온도의 변화 따라
잎의 색을 갈아입는 아름다운 앞산에
리듬을 달아 걸어 주기로 하자

오후 한나절 그들과 나눈 이야기로
뒷마당의 곡식들이 한 뼘쯤은 자라났지 싶다

쓸개

시퍼런 쓸개를 뚝, 떼어낸다

한마디 말씀이
꼭 필요할 때 긴요히 쓰려고
깊숙이 던져 놓은 그 쓸개
검푸른 돌같이 나뒹군다
스멀스멀 등 돌렸다가도
툭 터져 서로 씁쓸한 맛에 베이면
너와 내가 틀린 게 아니라
절대 다른 것이라고

그러고 보면, 그도 간은 맞춘 듯싶어
아무런 불만 없이 동태국을 끓인다

맑은 물만으로는 제 맛을 낼 수 없어
쓸개를 넣고 사는 대신
희뿌연 쌀뜨물에 고춧가루와 마늘
달큰한 조미료도 술술 뿌려준다

간이 골고루 장으로 스미면
고추도 대파도 숭벙숭벙 썰어 넣고
한 소큼 푹 어우러지게 김을 낸다

뿌옇게 우러난 창문을 열고 보니
내던진 그 쓸개, 하늘빛을 물들이고 있다

깨, 튀어 오르다

달궈진 프라이팬 위 깨가 널뛴다
평등을 주장하는 이 휘휘 저어보지만
제대로 한번 튕겨 보지 못하고
쭈그러지는 것이 있는가 하면
능력껏 배 내미는 것도 있다
욕심부려 자리를 차지할라 치면
더 이상 까만 몸 안전하지 않다
누구나 가만히 있을 수 없다
이 뜨거운 세상에서
발 빠른 이들에게 부딪고 치이다
타지 않으려면 튀어야 한다

앞 다투어 높이높이 튕겨 올랐는가!
넙죽 쭈그러져도 적당히 으깨지고
부서져야만이 비로소 맛이 나는, 그런

시인 여자

천원입니다, 이천원입니다

얼마를 팔아야 그만큼이 남는다는 계산으로
머리가 꽉찬 여자가
물색없이 시를 쓴단다

꼭두새벽에 일어나
밤조차 깊은 잠이 들고 나서야
두 다리 펴고 눕는 여자가
강물 같은 시를 쓰고 싶단다

그걸 쓰면 돈을 버니? 명예를 얻니?
묻는 이들에게
어리디어린 자신의 시를 보여주며
허 허 웃는 여자가
알이 꽉 찬 시를 쓰겠다고 한다

그 여자를 따라갔다
나는 그 여자를 옮겨 적기만 하면 되겠다

해설

두 겹의 시선과 긍정의 언어

황정산

1. 들어가며

"시는 언어의 특별한 사용"이라는 시에 대한 오래 된 정의가 있다. 물론 맞는 말이다. 시는 언어의 의미와 쓰임을 갱신해서 일상어의 상투성으로부터 우리를 해방시키는 것이다. 그런데 바로 이런 시의 특질로 인해 시인들은 항상 새로운 것 특별한 것에 강박을 가지게 된다. 그러다보니 일상의 기록이나 삶의 주변을 돌아보는 시들을 무시하거나 폄훼하기까지 한다. 뭔가 특이하고 비범하고 특이한 것을 쫓아 기이하고 괴팍한 자기만의 세계에 빠져들기도 한다. 시가 점점 우리의 삶에서 멀어지는 것도 이와 무관하지 않을 것이다.

하지만 현실을 벗어난 시란 얼마나 허망한 것일까? 생활로부터 멀어진 예술과 시는 가능할까? 무의미한 일상을 벗어나고 특별한 경험을 형상화하고 언어를 특별하게 재조합하는 것도 사실은 모두 현실을 제대로 보기 위해서이고 우리의 삶의 본질을 되찾고 내가 살아야 할 이유를 회복하기 위해서일 것이다.

자신의 생활로부터 나온 신영연의 시들은 쉽고 소박한 언어로 시인의 소소한 삶의 모습을 보여준다. 하지만 그렇다고 해서 그의 시가 평범한 일상의 상투성에 갇혀있는 것은 절대 아니다. 신영연 시인은 평범한 일상일지라도 결코 평범하게 보지 않는 눈을 가졌다. 그것은 두 겹의 시선을 동시에 가지고 있는 특별한 눈이다. 그 눈으로 보는 현실이 우리로 하여금 많은 생각을 하게 만들어 준다.

2. 두 겹의 시선으로 보는 삶의 진실

현대사회의 특징 중 하나는 복잡성이다. 생활의 편리함이 늘어날수록 우리의 삶의 복잡성은 더 커져간다. 사회구조와 사회 집단의 다양화에 따른 인간관계의 복잡성은 말할 필요도 없고 생활의 많은 부분에서 우리는 이 복잡성을 경험한다. 이러한 복잡한 사회에서 사람들이 느끼는 정서는 과거와는 달라질 수밖에 없고 그것을 표현하는 서정시 역시 과거와는 다른 모습일 수밖에 없다. 서정시를 낡은 시의 형식이라고 하는데 그건 옳지 않다. 서정이 낡은 것이 아니라 시대적 변화를 보여주지 못하는 서정이 낡은 것이다.

신영연 시인의 시들 역시 서정시의 전통 위에 서있다. 하지만 그의 시를 읽어보면 전혀 낡았다는 느낌이 들지 않는다. 자신의 주변의 생활을 잔잔하게 노래하면서도 결코 뻔한 상투성에 기대고 있지 않다. 그것은 세상을 보는 그의 시선의 특징 때문이다. 신영연 시인은 단일한 시선으로 세상을 보지 않는다.

이중 삼중의 겹겹의 시선으로 세상을 바라보면서 그 세상의
이면을 포착해내는 특별함을 보여준다.

울음이 쉬어가는 공원
하늘양말을 신고 그곳에 오래 머문 적 있다

소로록 소로록 그대의 온도로 바람이 분다 해와 달과 공기와
나뭇잎과, 바람의자에 앉아 이야기를 나누었다

청설모가 언덕을 오르며 뒤를 돌아다 봤다 일용할 양식을 입
에 물었으므로 그는 걸음을 멈추지 않았다

천상의 소리인 듯 우리의 대화는 또렷하지 않았다

어느 대목이 울음에 가 닿았는지 바람의자에 앉아 있던 나뭇
잎도 열매들도 훌쩍훌쩍 붉어졌다 목이 쉰 바람이 어깨를 다독
여 주었다

그대의 맥박으로 숨을 쉬는 오후, 석양에 자리를 양보하고 노
을 한 줌 챙기려니 화들짝, 가을이 덮쳐 온다
                                    – 「바람의자」 전문

시인은 혼자 공원을 산책하고 있다. 하지만 "그대"라고
표현하는 누군가와 함께 있는 듯이 느끼고 말을 한다. 여
기서 그대는 바람이기도 하고 가을이기도 하고 "언덕을
오르며 뒤를 돌아다" 보는 청설모이기도 하다. 이 모든 자
연의 시선을 느끼며 시인은 걷고 있다. 이렇게 이 시는 가

을의 자연을 보는 시인의 시선과 그 자연이 자신을 보는 것 같은 시선, 이 두 개가 겹쳐 있다. 이 두 개의 시선을 통해 시인은 "천상의 소리인 듯 우리의 대화"를 이어갈 수 있었던 것이다. 그렇게 해서 시인은 자연과 하나가 되는 어떤 순간을 경험한다.

이렇듯 신영연 시인의 시들은 나의 시선과 다른 또 다른 시선이라는 두 겹의 시선으로 세상을 바라본다. 그렇게 보이는 세상은 우리의 일상을 다시 보게 하고 우리의 삶을 반성하게 만든다.

2015호다 뫼르소는 응답하라
나도 아버지의 죽음에 눈물을 흘리지 않았다

어린 나이였다는 이유로
그의 감옥보다 넓고 철문이 없는 곳이 나의 감옥이다

본심을 철창 밖으로 통과시켜라
너의 뇌를 물기 없이 말려주마

그늘에서 서식하던 천오백 그램의 해마의 질서는 햇살의 총성으로 기우뚱한다

카뮈가 데려다 준 현장에서 증거를 찾으려 했으나
블랙의 커피향에도 표정조차 실마리를 주지 않았다
간발의 차이로 닫혀버린 눈꺼풀 한 방울의 눈물도 흘리지 않았다는 것이 그의 가장 큰 죄목이었다

어머니의 장례식을 끝낸 청년의 뫼르소가 커피를 내린다
여기 이의 있다

나는 콸콸콸 명랑을 적시는 그의 눈물을 보았다
과녁을 향한 커피의 씨알이
그의 목울대를 건드려 눈물을 멈추는 데 적중하기 직전

말문을 여는 순간의 마찰로 툭! 떨어지며 생긴 흙의 상처와
마주쳤다
이미 향은 달아나듯 멀어지고 나무의 눈물이 굳어 생긴 일이
란 말을 하려다 그는 다시 입을 다문다

태양에 데인 쓰디쓴 눈물을 마시는 이방인들에게 까맣게 다
가오는 전설은 자유다

– 「에스프레소」 전문

시인은 에스프레소 머신에서 커피를 뽑다가 카뮈 『이방
인』의 주인공 뫼르소를 호출한다. 그리고 자신의 시선과 뫼
르소의 시선을 교차하여 커피를 내리고 그 향기를 접한다.
커피는 뫼르소에게 또 시인에게 "흙의 상처"이고 또 "나무
의 눈물"이다. 두 사람의 진실의 결정체가 바로 커피인 것이
다. 그런데 사람들은 오직 현상만을 생각한다. 하나의 시선
으로 보기 때문이다. 오직 장례식에서 눈물을 흘리지 않았
다는 이유만으로 그를 교수대에 올린다. 그러니 그의 행동
에 대한 수많은 이유들은 무엇인지 쉽게 알 수 없다. 어쩌면
장례식 후 그가 만든 커피 그 모든 진실을 품고 있을지 모
른다고 시인은 생각한다. 나의 진실도 마찬가지이다. 하나의

시선으로 장례식에 눈물을 흘려야 한다는 하나의 관념으로 한 사람을 본다는 것이 얼마나 편협한 것인가를 생각하게 해 준다. 커피를 내리는 일은 그 진실을 다시 돌아보는 어떤 인고의 과정이고 어쩌면 시인에게는 시 쓰기의 비유일지도 모른다.

시인은 시인 자신에 대해서도 이중의 시선으로 바라본다.

여섯식구 둘러앉아 곰솥에 국을 끓이면 밥 한 솥이 한자리에서 동이 나지요 엄마를 차지하려 팔에 다리에 매달리며 하루의 일들을 재잘 재재잘 참 싱그러운 시절입니다 아이들은 불쑥불쑥 푸르르게 자라더니 대학을 가고 군대를 가고 이웃 나라를 가고 시집을 가고

붐볐던 집에는
쑥쓰러운 당신과 내가 고요로 남았습니다

동물원엘 가자고
달이 따라온다고
영화가 상영됐다고
소낙비가 온다고
꽃이 피었다고

그래, 잠깐 바빴던 것뿐인데

반사된 거울 속에서
낯선 여자가, 자꾸만 말 걸어 옵니다

― 「거울 속에서」 전문

현실의 자신과 거울 속의 자신은 서로 다른 정체성을 가

지고 있다. "낯선 여자"인 거울 속의 여자는 욕망 속의 자신, 내면의 자아이다. 그 자아는 삶의 다른 부분을 꿈꾼다. 밥을 하고 집안일을 하고 아이들을 키워 시집보내는 그런 여자가 아니라 꽃과 소낙비를 사랑하고 영화를 좋아하는 그런 사람이다. 그런데 "잠깐 바빴던" 세월 속에서 그 사람은 낯선 타인이 된 것이다. 어떤 내가 진정한 나인가 시인은 애잔하게 묻고 있다.

사실 우리 모두는 두 개의 자아를 가지고 있다. 내가 바라는 나와 세상이 바라는 나다. 하지만 내가 바라는 나는 삶을 살면서 지워져 사라지고 나는 세상의 시선에서만 나를 바라보게 된다. 그렇게 자신의 꿈과 욕망과 내면의 진실을 감추고 상실하며 살게 되는 것이다. 시인은 또 다른 자아의 시선을 거울 속에서 발견함으로써 잊혀져 가는 자신의 진실을 다시 붙잡으려 한다.

이중의 시선과 그것을 통한 다양한 시점은 풍경 묘사에서도 독특한 효과를 발휘한다.

기다림만 무성한
빈 들녘으로 할머니요 앉아 있다
공기의 분자가 쪼개지다, 거두어간
소리의 고요로 할아버지요 서성인다
수분이 빠져나가 주름진 밭두렁,
노부부는 서로의 얼굴인 듯 자꾸만 어루만진다
새야새야 우지마라 새야새야 파랑새야

녹두꽃에 앉았던 메뚜기가 점프를 한다
착지의 무게로 들판이 흔들린다

한 손으로 땅을 진정시키며
노부부는 쌓아놓은 볏단에서 한잠이 든다

구름문이 닫히고
날개를 접고 있던 두루미
하늘 한 자락을 물고 와 가슴 언저리를 덮는다

노을이 타서 서쪽을 넘도록
노부부의 들판은 점화되지 않는다

－「그리고 여섯 시」 전문

　시인은 밭에서 일하는 노부부를 바라보고 있다. 그런데 끝까지 이런 객관적 시선만으로 시를 이끌어나가고 있지는 않다. 먼 곳에서 바라보던 시선은 바뀌어 노부부의 얼굴을 클로즈업하고 그들의 행동까지 줌인으로 끌어당겨 보여준다. 거기다 그들이 흥얼거리는 노래까지 들려준다. 그리고 옆으로 옮겨 두루미를 보여주고 두루미가 보고 있을 하늘까지 잠시 비춰준다. 마지막으로 다시 멀리 노을 보여주며 풍경 묘사를 마무리한다. 사실 이런 방식은 영화의 방식이다. 하나의 시점으로 풍경을 보지 않고 감독과 등장인물과 관객의 시선을 왔다갔다 교차하면서 보여주는 방식이다. 신영연 시인은 바로 이런 방식으로 풍경을 보여줌으로써 그 풍경 속의 인물의 정서를 중층의 시선만으로 충분히 표현하고 있다. 자연을 소재로 하고 있지만 과거의 목가적인 풍경묘사를 넘어 현실적 생동감을 주는 것은 이런 표현 방식의 세련 때문이다.

3. 타자를 받아들이는 긍정의 언어

"너는 다 계획이 있었구나." 봉준호 감독의 영화 〈기생충〉에 나오는 유명한 대사이다. 계획은 인간이 가진 합리적 이성의 산물이다. 사람들은 계획을 통해 우연성이 가져오는 위험을 줄이고 인간의 욕망이 범하는 우매한 실수들을 줄일 수 있으리라 생각한다. 그런데 계획 속에는 나 아닌 타자를 내가 규제하고 통제하리라는 오만이 들어있다. 다음 시는 이 오만한 계획이 얼마나 큰 오산인가를 잘 보여주고 있다.

싱크대 선반을 조립 중인 남편은
신중하다

왼쪽으로의 화살표는 잠그기
오른쪽은 풀기라는 표시를 무시하고
진중하게 반대로만 돌리고 있다

그림을 보여주며 말을 해줘도
남편은 그 지시가 미덥지가 않은가보다

기둥을 위로 올려라
움직이지 않게 꽉 잡아라
요구사항이 더 복잡하다

도와달라 하지 말걸
후회가 막심하다

풀고 잠그기의 타협점이 인정되지 않은 채
손에 상처를 남기고
우여곡절 끝에 선반은 완성되었다

큰일을 마친 남편은 박수를 받고
위풍당당 외출을 한다

남편의 손길이 미더워서일까
그릇의 무게를 견디지 못하고 선반의 지지대가 흔들린다

새로운 변화를 지지했으나
컵도, 접시도
하염없는 높이의 불안보다
바닥의 안정을 택했다는 후문이다

- 「지지합니다」 전문

　선반을 조립하는 남편 작업도 사용설명서에 나와 있는 그림도 다 계획된 것이다. 하지만 이 계획대로 다 되는 것은 아니다. 남편은 원래 계획을 무시하고 자신의 계획대로 진행하고, 설명서의 계획은 실행되지 않는다. 그런데 사람들은 계획이 보여주는 성과에 이끌려 이 계획을 지지한다. 그런데 위의 시에서처럼 계획대로 되는 것은 없고 계획의 성과는 흔들리기 마련이다. 이제까지 선거의 결과가 그렇고 선거로 뽑은 정치인들의 행태가 다 그렇다는 것을 증명해 준다. 결국 "새로운 변화"는 흔들리고 "바닥의 안정"을 택한다. 나의 계획이 완전하지 않다는 것, 나의 계획 때문에 밀려나거나 배제되는 타자가 존재한다는 것을 인정하는 곳에 진정한 "지지"라는 튼튼한 삶의 근거가 마련된다고 시인은 생각하고 있는 듯하다.

헐거워지리라
여유를 주리라
선명해지리라
안부를 묻거든 평안하다 말하리라

고랑을 파고 두둑을 만들어
한 팔을 벌린 간격으로 곡식을 심는다
곡식 사이로
나비가 지나고
발자국이 찍히고
뻗어나간 가지마다 기지개를 펴는 곳에
바람의 길을 내어주자

나로부터 시작하는 곳
내가 없이도 살아 숨 쉬는 곳

물고기가 뒤따르며 원을 그리듯
물결이 방향 따라 출렁이듯
당신의 마음이 나를 향해 있듯
아픔이 더 큰 아픔을 품어주듯

바람에게 길을 내어주자
가지마다 잎사귀가 춤출 수 있는
반경의 너비가 바람의 길이다

– 「바람의 길」 전문

이 시에서 "바람"이란 내가 규정하고 통제할 수 없는 타자의 존재이다. 그 바람이 지나는 곳을 시인은 "나로부터 시작하는 곳 / 내가 없이도 살아 숨 쉬는 곳"이라고 표현하고 있다. 타자는 나로부터 인식되는 타인이다. 그러므로 나로부터 시작한다. 하지만 그는 내가 없어도 존재한다. 그런 타자를 인정하고 받아들여 그가 나로 인해 가지는 "아픔"을 나의 아픔으로 여기고 "기지개를 펴"듯 자유를 갖도록 허락할 때 내 자신도 무한한 해방감을 느끼며 "가지마다 잎사귀가 춤출 수 있"게 되는 것이다.

신영연 시인은 이렇게 나 아닌 타자를 인정하고 공존의 세상을 인정하는 긍정의 언어를 보여준다. 흔히 긍정은 무비판으로 오해되기도 한다. 세상의 어둠으로부터 눈을 돌리고 현실의 문제로부터 도피하는 태도는 긍정과는 다르다. 긍정은 이 모든 모순과 갈등을 함께 바라보고 공존의 방식을 모색하는 태도이다. 그런 태도가 다음 시에서 잘 형상화되어 있다.

얼어붙은 땅
그 위에
피어난 꽃,

기쁨도 슬픔도 이제는 잠잠한 곳
드물게 찾는 발걸음을 기다렸다는 듯
푸르른 심장을 펼쳐 보인다

늦가을 싹을 틔우고
한겨울을 견디겠다는
단단한 약속은

비바람도
눈보라도
온몸으로 받아들이겠다는 다짐

딸의 이름도 잊은 어머니의 기억 속에
피고 지는 유일한 꽃,

봄동을 씻는다
간간이 눈을 맞추고 얼굴을 쓰다듬는 어머니의 손길처럼
한 장 한 장
흐르는 물에 소리를 묻고
한소끔 데친 봄동으로 미음을 만들어
소독약 향기 가득한 요양병원으로 향한다

-「봄동」 전문

시인은 채소인 봄동을 꽃이라 여기고 있다. 이 왜소하고 볼품없는 채소가 시인의 눈에 아름답게 보인 이유는 그것이 겨울의 "얼어붙은 땅"을 견디며 자라났기 때문이다. 따뜻한 날씨에 씨앗을 틔우고 햇볕을 받으며 자라 꽃피우는 다른 꽃들과는 봄동은 모든 고난을 자기 안에 간직한 채 "푸르는 심장"으로 다시 태어난 존재이다. 그 안에는 삶의 "슬픔도 기쁨도" 모두 다 들어있다. 이 모두를 온몸으로 다 받아들일 때 "얼어붙은 땅"에서 희망으로 다시 피어난다. 시인은 그 희망으로 음식을 만들어 삶의 모든 고통이 지배하는 "요양병원"으로 간다. 그때 바로 그 희망이 소독약 냄새를 "향기"로 만들어 준다.

4. 맺음말

신영연 시인의 시들은 세련된 언어 감각을 보여주면서도 따뜻하다. 그의 시들은 세상을 바라보는 중층의 시선들을 통해 우리가 미처 보지 못한 삶의 이면을 들여다보게 만든다. 이렇게 여러 겹의 시선으로 바라 본 생활의 현장, 삶의 모습은 친근하면서도 새롭다. 그렇기 때문에 시인이 새롭게 보여주는 삶의 모습은 어둠 속에 감춰진 사회의 이면이라든가 우리들 삶속에 들어 있는 음험한 욕망과 같은 부정적이고 비관적인 것은 아니다. 또한 시인은 진실을 보고 올바른 삶의 태도를 가지라고 우리를 힐난하고 꾸짖거나 강요하지도 않는다. 중층의 시선으로 자신이 보는 삶의 모습을 넌지시 보여줌으로써 그 안에서 살고 있는 타자들의 삶을 인정하고 받아들이도록 우리에게 권유한다. 그의 시의 따뜻함은 바로 여기에서 온다.

흔히 따뜻함을 보여주는 시들은 안이한 현실인식과 상투적인 위안을 주는 경우가 많다. 우리 사회에서 일어나는 많은 문제와 그 안에 살고 있는 개인들의 다양한 고민과 갈등을 무화시키고 손쉬운 현실 안주를 제시하거나 아니면 현실을 벗어난 환상 공간으로 도피를 꿈꾸도록 한다. 이와 달리 신영연의 시들은 세상을 긍정적으로 받아들이면서도 현실에 대한 팽팽한 긴장의 끈을 놓지 않고 있다. 그의 이런 시작 태도는 다음 시에 고스란히 담겨 있다.

...(상략)...

그쯤으로 하자

구겨진 마음의 어깨를 펴고
함께 있어도 괴롭지 않고
떨어져 있어도 외롭지 않고
혼잣말도 귀담아 들어주기도 하는
썼다가는 지우고 다시 쓰는 시처럼
가끔은 잡히기도 하는,
지금은 부푼 욕망을 다이어트 할 시간

뉴스의 속도에 평정심을 잃지 말고
잡지의 컬러에 현혹되지 말고
욕망의 지방을 빼고 생각에 근육을 만들어

행복의 무게에 요요가 오지 않도록

정신줄을 꽉 잡아아

-「요요」 부분

　요요는 신영연 시인의 시 쓰기의 비유이다. 타자를 괴롭거
나 외롭지 않게 받아들이고 나의 "욕망의 지방을 빼" 타자를
나의 욕망의 수단으로 삼지 않을 때 따뜻하고 긍정적인 시가
만들어 진다는 것을 시인은 말하고 싶은 것이다. "행복의 무
게"는 넘치는 욕망을 의미한다. 현대를 사는 우리는 이 욕망의
충족을 행복이라 생각하고 그것을 위해 몸이 상하도록 일하고
과도하게 소비한다. 하지만 그럴수록 우리의 정신에는 "욕망
의 지방"만이 축적되어 세상의 소리와 유혹에 현혹되어 사고
의 힘을 상실하게 된다. 평정심을 잃지 않고 항상 긴장을 하며
여러 겹의 시선으로 세상을 바로보기 위해 시인은 "정신줄을

꽉 잡아" 이 시집을 쓴 것일 게다. 이 정신줄을 씨줄로 튼튼한 언어의 힘을 날줄로 하여 한 권의 아름답고 따뜻한 시집을 직조해 낸 시인의 노고에 감사드리며 글을 마친다.

황정산 | 시인, 문학평론가

시와정신시인선 35

바위눈

ⓒ신영연, 2020

초판 1쇄 | 2020년 11월 30일

지 은 이 | 신영연
펴 낸 곳 | **시와정신**
주   소 | (34445) 대전광역시 대덕구 대전로1019번길 28-7
                    신창회관 2층
전   화 | (042) 320-7845
전   송 | 0504-886-8861
홈페이지 | www.siwajeongsin.com
전자우편 | siwajeongsin@hanmail.net
공 급 처 | (주)북센 (031) 955-6777

ISBN 979-11-89282-28-8   03810

값 10,000원